KB208857

시즌 3
놓지마 정신줄!!
2권
웹툰
북스
신태훈 | 나승훈

CONTENTS

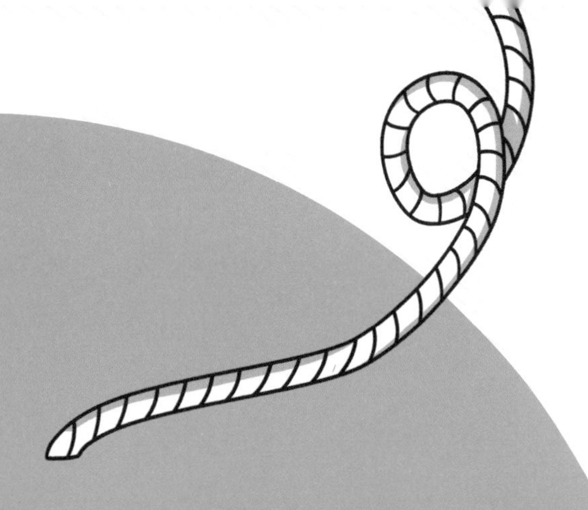

시즌3
놓지마 정신줄!!
26화 · 27화 · 28화 · 29화
정구의 연애상담소
어장인가?
어장 제4법칙
③ 지구온난
메타버스

룰루루~
흥흥흥~

드디어 나왔군! 월간 장어 '괴물 심해어 특집' 이라니…
이거 흥미진진한데?
두근
두근
월간 장어
〈괴물 심해어 특집〉
냥

어이, 정구. 그러고 보니…
너 고향이 꽤 멀다며?
쿠쿡…
응? 어. 남쪽 끝에서 왔는데?

거긴 뭐 있냐?
유명한 거 있어?
교과서에 나오는
유적지 같은 건
없고?
어… 음…
아무것도?

ㅋㅋㅋㅋㅋㅋㅋㅋ
완전 촌구석이었나 보군.
거기서 뭐 했냐…?

뭐…
뭐 했냐고?
끙끙…
그게…

흠…
내가
한 거라곤…
우르르
쾅!
음—

물고기
지킨 일밖에
없는데….
콰
악
으ㅡ

도시 애들한테
말하면 비웃을 텐데.
으….
뭐…
어쩔 수 없지.
으아
아아아
하아…
이걸 뭐라고
하더라….

어장 관리.
84군데
정도….
수줍..

이…
이 자식?!!?!
완전 난 놈
이었잖아?!
술렁

정구 님!!
무지한 저희에게
가르침을 주십시오!
뭐…
뭐라고?!
착!
착!
착!

녀…
녀석들…
이렇게까지 어장 관리에 진심이었단 말인가?!
좋았어!! 너희들의 열정! 잘 보았다!
수업 준비에 방해되면 안 되니까 아침 4시에 교실로 집합해!
두
둥
우오오오오오오!!

반장?! 반장도
어장에 관심이
있는 거야?!
부끄..
흐… 흥!

선생님은
왜 있어요!!
교복 입은 거
징그러워!!
저는 신경 쓰지
마시고,
어서 진행
하시죠.

음— 어디 보자.
그럼, 일단은 역사부터
시작하는 게 좋겠지?
아님
이론…?
어장의
역사
어장이론 Ⅱ

아니다!
역시 배움의 흥미를 위해
둘이서 짝을 지어 실습
위주로…
시… 실습이라니
당치도 않습니다!
역사요!
웅성
웅성
역사! 역사로
하겠습니다!!

이럴 수가…!
충분히 흥미를
갖고 있으니 실습은
필요 없다는 건가!!
배움의 자세가
완벽하게
되어있어!
나는…
다른 전공에 이렇게나
진심이었던 적이
있었단 말인가!!

좋아!! 그럼…
수업을 시작한다!!
모두 받아 적어!

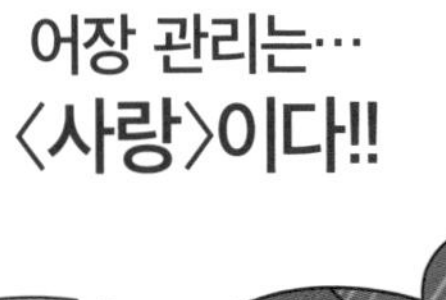

어장 관리는…
〈사랑〉이다!!

당연하잖아요?!?!!
아…
좀 다른가?!

정신줄 놓을 만큼
큰 착각을 해본 적 있나요?

어장의 이해
① 왜 어장인가?
② 어장 제4법칙
메타버스
어장의 역사

사각 사각
사각 사각
사각
사각
사각
사각

후후~ 좋아! 이해했어.
쿠오오오오오…
후후… 하루 4회의 언어영역 모의고사로 다져진 우리의 독해력을 얕보면 안 되지.
미묘하게 비튼 비유적 표현이 설명에 재미를 더하는군.

위치 선정이 제일 중요해!!
여러 해류가 만나는 바로 그 지점이 황금 어장이야!
탁!
한류
난류

그렇지.
여러 남고를 지나치는
버스들이 모두
정차하는 지점…
그곳이
황금 어장!!
끄덕

철저한 위생관리도
빼먹을 수 없지!
쓱싹
쓱싹
꽃향기가 날 때까지
닦고 또 닦아라!!

꽃향기가
날 때까지 씻어야
한다고…?
정구
쉽지
않겠는걸….

그리고 먼 훗날
미래 세대가 함께
누릴 수 있는…
지속 가능한
어장이 될 수 있도록
해야 해!
브이~

그래…
슬픈 사실
이지만…
가능성 제로인
우리보다 미래의 학생들이
누릴 수 있는 어장을
준비한다는 건…
반짝
BUS
반짝
정말 훌륭한
생각인 것
같아.

질문 있는
사람?
처억!

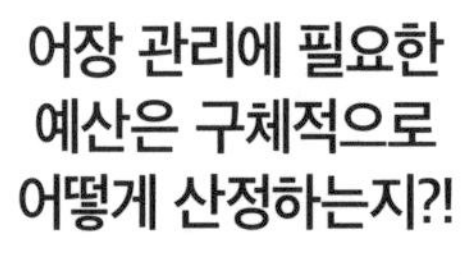

어장 관리에 필요한 예산은 구체적으로 어떻게 산정하는지?!
핸드폰은 2개 이상 쓰는지?!
와
다
다
다
다
공부와 병행할 수 있는지?!?!!
부모님 허락은 받았는지?!

좋은 질문이야. 그건 다음 시간에 설명해 줄게.
살펴볼 게 많아서 핸드폰 8개로도 부족할 때가 많아요.
대… 대단해!!

이렇게나 어장 관리에 열정적일 줄은….
아무래도 일단 밖에서 돌아다녀야 하니까 학업에는 좀 지장이 있지.
부모님 허락… 이고 자시고 아빠가 가르쳐주신 거야.

아버지가 어장 관리를
가르치셨다고?!
역시 도시로
다시 유학하러 오길
잘했어…!
도시 친구들에게서
배울 점이
너무 많아….

정구
아버지는…
대체….
아앗!!
너!!!!
응? 왜?
생긴 게
왜 그래?
…디질래?
샤
방
아… 아니!
정말로 생긴 게
바뀌어서…

아앗!!
그러고 보니
너도
생겨먹은 게
달라졌어!!
뭐…
뭐라고?!

꺄악!!
내 승모근이랑
광배근 어디 갔어?!
샤방
샤방
이… 이게
어떻게 된 일이죠,
선생님?

이…
이건 설마!!

과도한 경쟁 시스템과
학업 스트레스로 잔뜩
뭉쳐있던 얼굴 근육들이…
활
짝
진정한 배움의
기쁨으로 인해
완전히 펴진 거야!!

잠깐…
그…
그렇다면…!
바…
반장!!
헉!

호… 흥!
고작 어장 관리 정도로 다들 이 난리라니….
쿠
쿵

다들 약해 빠졌어! 난 도서실에서 공부나 해야겠군!
바… 반장!
홱!

이제 1교시…
시작할 건데….
드르륵
탁!

과도한 공부는

미용에 해로울 수 있군요…

흥!
다들 어장 관리 따위로 난리라니….
정구야~
정구야~

난 딱히 관심은 없지만…
반장의 의무로써 학우들이 그릇된 길로 빠지지 않도록…
알아두는 것 뿐이야!
어장의 정석
어장과 사회
어장과 지리

저… 나 말이야, 혹시 실습을 신청해도 될까?
내가 공부한 이론들을 적용시켜 보고 싶은데….
뭐?! 잠깐, 너무 성급해!!

서두르지 마!
만약 네가 실습을 했다가
실패라도 하는 날엔…

엄청난 시련의
지옥에서 돌아오지
못할 거야!!
엉
엉

시…
'실연'의 지옥…!!
꺼이
꺼이

온 사랑을 담았던
친구를 떠나보내는
고통… 아직 너에겐
겪게 하고 싶지 않아!!
내가… 그 애를
좀 더 따뜻하게
대해야 했었는데!!
수온이…
너무
낮았어!!
저…
정구야….

너는 내가
제일 아끼는 제자야!
아직은 때가 아니야!
어서 돌아가!
아… 알았어,
정구야.

몰랐어.
정구에게도
그런 실연의 고통이
있었다니…
하지만…
나도 아직 때가
아니라는 사실엔
동의해, 미화부장.

바… 반장?!
어째서
이런 곳에?!
깜짝!
그보다…
정구를 싫어하는
네가 어째서
정구 말에 동의를?!
아니, 정구가
옳다고는 말 안 했어.
오히려 그 반대지!

정구
그 녀석…
과연 진짜 능력 있는
어장 관리 전문가일까?
쿠
쿵
서…
설마?!
그래, 우리가 만난
어장 관리 전문가는
정구 하나뿐이야!
그 녀석이
전문가인 척하는
어설픈 **사기꾼**일지 아닐지,
우린 아직 알 수 없어!

이럴 수가…
그 가능성은
미처 생각하지
못했어….
역시, 날
생각해주는 건
반장뿐이야!!
아니,
그건 아니고.

어쨌든, 너보다 성공 확률이 아주 아주 낮은 친구를 실습 대상으로 보내는 거야!
그럼 정말 어장 관리의 대가인지 판별될 테니 말이야…!

뭐? 그… 그런 친구가 있을까?

안녕 정구야, 나 옆 반 '김복어' 라고 하는데…
어장 관리 실습을 신청하고 싶어.

너… 너는 혹시…
아직 공부 스트레스가 풀리지 않은 거야?
BEFORE
아니, 풀렸는데?
AFTER
아, 그렇구나.

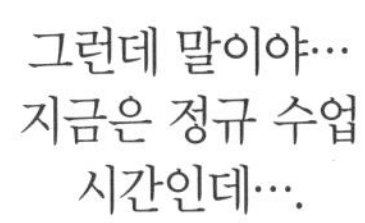
그런데 말이야… 지금은 정규 수업 시간인데….

김공철 선생님이 허락해 주셨어.

선생님은 수업할 의지가 없으신 거예요?
… 몰랐니? 수업 좋아하는 선생님이 어디 있다 그래?

흐음… 실습이라…
너무 갑작스러워서 뭐부터 해야 할지 고민되는데….

하하! 그거 봐라!
갑자기 실습하려니
버벅대는 모습!!
정구 저 녀석은
순전히 입만 산…
음~
일단!

…생존 실습과
번식 실습이 있는데,
어느 쪽이 더 궁금해?
우
당
탕
탕
탕

다… 다짜고짜
번식이라니!!
너무
노골적이잖아!!
복어 군!
굳이 실습 같은 거
안 해도…!

번식.

번식을
선택하겠습니다.
심각..
척
보…
복어 군!!

번식?
좋아.
그런데
번식 방법은 너무
많고 다양해서…

내가
알고 있는 것만
8,482가지가
넘는데
어떤 걸
가르쳐 줘야
할지….

과연 김복어는

어떤 실습 결과를 맞이할까요!

어떤 번식 방법을
알려줘야 할까….
후…
교실이 너무 덥군…
하아….

아니… 대체
뭘 가르쳐
주려고….

서… 선생님!!
저건 아니잖아요!!
좀
말려보세요!!
나 김공철…
12년 교사 인생에
후회는 없다.

이런 거에…
뻐
엉
교사 인생
걸지 마!!

그래!! 너를 보고…
딱 어울리는 방법이
떠올랐어!!
우웃…!

내… 내게,
딱 어울리는
방법…?
파르르

그래, '그 녀석'의
몸은 너무나 작고
초라해.
가진 거라곤
몇 장의 지느러미
뿐이지.

그… 그래, 맞아.
난 운동도
못하고…
부도 명예도
없는
어린 학생….

하지만 '녀석'에겐
누구보다 뛰어난
재능이 있어!!
그것은 바로
예술성!!

맞아!!
미술부의 부장인
나 김복어!!
내겐
미술로 훈련된
이 두 손이 있어!

이…
이럴 수가!
정구 녀석… 김복어가
미술부라는 것까지
알고 있었단 말이야?
그녀를
위해…
4달간 용돈을
모아 구매한
이 고급 캔버스에
그림을…!!

고작 이런
크기가 아니야!!
그 녀석은
구애를 위해
훨씬 큰 그림을
그려낸다고!!
파
삭

정교하게!!
더욱 정교하게!!
자신의 몸보다
24배는 더 큰 작품을
만들어내지!!
그야말로
그녀를 위한
궁전!!

마… 맞아!!
고작 이런 작은
캔버스 따위엔…
나의 마음을…

그녀를 향한
나의 마음을…
담아낼 수
없어!!
가…
김복어!!
수업 중에
어딜 가!
파
팟!

타다닷—

훽
휘릭
우오오오오오!!
휘리리릭

이… 이럴 수가!! 너무 아름다운 그림이야!!
너무나 완벽한 너에게
-김복어-
두
어째선지 채색까지 되어있어!!
둥

허억…
헉….
보…
복어 군!!

그림에 나타난 건… 바로 복어 군의 아름다운 마음…!
두근..
두근..
복어 군은 진심으로… 날 사랑하는구나!!

그… 그래
맞아….
나는
너를….
두근..
두근..
두근..

대화는
이제 그만!!
츄─

지…
진짜다!!
정구 녀석은…
진짜였어!!

정구야!!
나도 상담해줘!!
…?
나도!!
나도
부탁해!!
나 좀
살려줘!!
이 사람들…
수업 중에
왜 이러는 거야?

좋아하는 사람에게
복어 군처럼 고백했다간…
정신줄 제대로 놓게 될 거예요

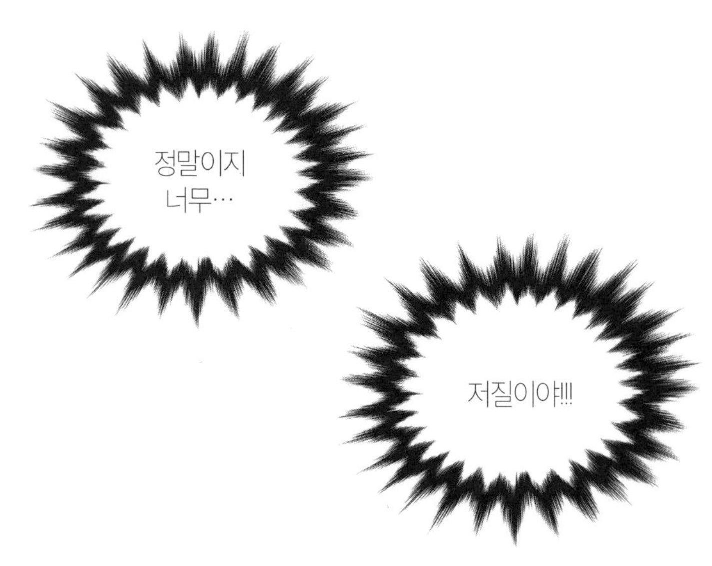
정말이지
너무…
저질이야!!!

시즌3
놓지마 정신줄!!
30화 · 31화 · 32화 · 33화 · 34화 · 35화 · 36화
태초의 퀘스트
50000
50000
50000
50000

자, 그럼
바로 출발할까?
나도 중요한 경기를
재방송이라도
챙겨 보려면,
빨리 돌아가야
하거든!

꽤 먼 길을
가야 하니, 든든하게
준비해야 해.
엥?
소가 그렇게
멀리 있어?
저기
바로 앞에
있잖아.
뭐… 보이긴
보인다만.
좀 더 자세히
봐줄래?
응?
아무리 봐도
평화롭게 파리를
쫓아내며 풀밭을
거니는 광경인….

[태초의 산맥]
해발 2,884m
※풀 아님.
펄럭
캬오오오!!
[태초의 용]
신장 228m
※날파리 아님.
캬오!!
펄럭
음머.
캬…
콰
직
…소… 소가
대체 얼마나
큰 거야…?
우지끈!
콰르르르르…

여기서 말을 타고
쉼 없이 달려 24일!
거기서
배를 타고 48일을
가야 만날 수 있어!
그 정도 되는 거리가
눈에 보인다고?
확실히
지구 형태의 세계는
아닌가 보군….

젊은 시절… 딱 한 번
저 소를 가까이에서
보고 난 후…
난 다시는
서쪽 대륙에 발을
들이지 않았지….
아… 심지어
바다 건너 대륙에
사는 거였어요?
이 대륙에
소가 살면
큰일 난다고!!

소가 저렇다면…
일단은 어류를 잡는 데
집중해보자.
아, 어류
말인데….

어류 때문에 우리는…
2천 년간 갖은 고생을
해 왔지….
아주 지옥 같은
역사였어….

푸직
푸지직
푸직푹푹!

뭘 하는
사람들인가요?
흙마법사라네.
흑마법사?
흙마법사.

시간이 없어!
빨리 쥐어짜 내!!
푸드득
푸득
퍼드득
아랫배에
힘을 줘!
뿌직
뿌직
조금만 더!

아! 왕국을 넓히는
간척 사업 중인 건가요?
흙마법이라니,
완전 편하네.
조금만 더
기다려보게. 이제
거의 시간이 됐군.

아앗!
벌써 시간이!!
애~~앵~~
애~~앵~~

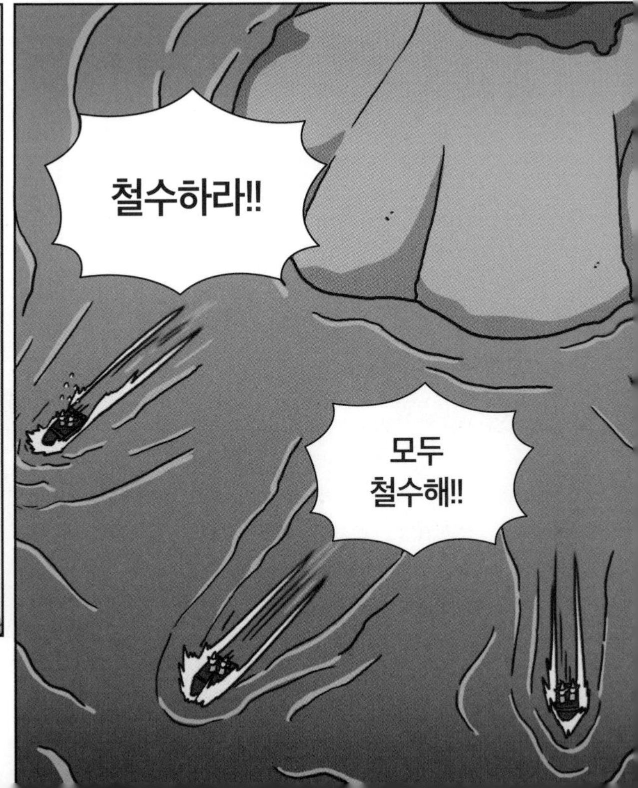
철수하라!!
모두
철수해!!

응?
왜 다들 도망치는 거죠?

퐁♥
아하….

태초의 어류 치어는 48일마다 한 번씩 '섬'을 먹는다네.
다 자란 어류는 우주로 날아가 버려서 어찌나 다행인지….
아, 저게 새끼라고요?

48일마다 흙마법사들이
섬을 만들어내지
않는다면… 우리 대륙은
다 물어뜯겼을 거야.
헉… 헉…
성공인가요,
앨리사 님?
모두
수고하셨어요.
성공이에요.

자, 좀 더 힘을 내서
다시 48일 안에
섬을 만들어주게.
자…
장로님….
더 이상은
마력이….
파들..
파들..
파들..
파들..

힐~
파라라
라라락
50000
우오오오~~
신대륙을 만들자!!

448) 태초의 소에 대하여.

다가가지 마셈. 님 쥬금.
너님 혹시 설마 가죽 같은 거 필요한 거셈?ㅋ
그냥 포기하고 각질이나 챙겨오셈~

848) 태초의 어류에 대하여.

다가가지 마셈 2. 나 구경 갔다가 통째로
삼켜져서 쥬글 뻔했음. 속이 안 좋았는지
물고기가 토하는 바람에 겨우 살았음.
토 냄새 장난 아님! 벌써 8번째 목욕 중.
헉헉.

난 다 챙겼어!

그래서…
그 방법이란 게 뭐지…?

이… 이건 좀 내려놓고 말하는 게 어때?
어차피 함께 모험을 가야 하니, 친하게 지내자고….

앨리사야, 가끔은 나도 무서울 때가 있단다.
그건 내려놓고 말하렴.
척!
그건 할아버지가 주점에서 자꾸 광역 힐을 날려대니까 그런 거고요!!

어쨌든 방법부터 말해봐!
음… 일단 소의 각질은 정보가 부족해서 잘 모르겠어.

모른다고?
히이이이익!!
그… 그게
아니라…!
어류!
태초의 어류가
토했다는 건
중요한 힌트인 게
분명해!

우리가
어류를 잡는 건
불가능하지만
강제로
구토를 하게 만들어
부레를 토해내게
할 수 있을 거야!
그때 슬쩍
부레의 일부를
도려내면 되겠지!
구토구토 대작전
부레
우웩!
흠…
그럴 듯한데?

혹시…
흙마법사분 중에서 태초의
어류가 토하는 걸 직접
본 사람이 있을까요?
흠~ 글쎄~?
나는 잘
모르겠고….
아마도 흙마법사의
탑에 간다면 알아낼 수
있지 않을까?

흙마법사의 탑?!
그건 멀리 있나요?
응, 제법 멀어.
내가 설명하긴
힘든데….
아, 마침 저기
퇴근하는 흙마법사
친구들이 있구먼.

저들을
따라가면
될 거야.
신난다~
드디어 탑에
돌아갈 수 있어~
뿌직
푸득
뿌지직
푸드득

나도
가봐야겠다.
흙마법사의 탑엔
가본 적이 없거든.

잘됐다.
잘 갔다 와~

어딜 빠지려 들어!
여기 안 앉아?!
휘릭
히이이이익!

운전이
조금 위험할 텐데
괜찮으시겠어요?
한번 시작하면
멈출 수 없습니다.

위…
위험하다잖아.
이거 꼭 타야 해?
위험해 봤자
태초의 어류보다
위험하겠어?
당장
출발하죠!

덜
컹
뿌직
뿌지직
뿌직

콰리리리리리리
출발합니다~

끼야아아아악!
끄아아아아아악!

으히야아아악!!
티용

쏙!
억!
윽!
악!

쿠당탕
탕탕 탕 탕
탕
콰당!

끄으으으으으…
부들..
부들..
우와~
도착했다~

으으으….
앨리사…
이거 다시는
타지 말자.
이거 너무
위험… 응?

위험하긴
뭐가 위험해.
헬멧 쓰고
있었냐!!

그런 게 있으면
나도 줘야지!!
내 민감한 피부가
다 망가졌잖아!
…….

꾸욱
어차피 네 머리에 맞지도 않잖아.
윽.

그보다 저길 봐!
흙마법사의 도시에 도착했어.
쿠
쿵

아.. 안 빠져..

32화 태초의 퀘스트 3 : 흙마법사의 도시

흙마법을 쓰면
손이 흙투성이가
돼서…
도시가 더러워지는 걸
방지하기 위해
엄격하게 위생을
관리하고 있어요.
놀다 오면
손 씻으랬지!!
꼼꼼하게
씻어야겠군…
저거 많이 아파.
아…
그, 그래?

이제
흙마법사의 탑으로
가야 하는데….
그런데 거기
뭐가 있지?
책이
많은 건가?
248-8282
음, 그건 아닐 거야.
할아버지는 평생 책을
안 읽으신 분이거든.
광역 힐~
하긴…
그런 거 안 해도 평생
먹고사는 데 지장은
없어 보이더라.

멈추시오!
흙마법사의 탑에
무슨 일로 왔지?
탑

왕국에서 온
앨리사 장군이다.
여기서 가장
높은 사람을
만나고 싶은데?

아앗! 몰라뵈어
죄송합니다!!
가… 가장 높은
사람이라면…
탑 꼭대기에
단장님이
계십니다!
지금 당장
볼 수 있을까?

가… 가능은 합니다만…
지금은 햇빛이 방 안으로
비쳐서 조금 위험하지
않을지….
쨍
쨍
척
뭐? 햇빛이랑
무슨 상관이야?
시간 없어,
바로 안내해!
아… 네,
알겠습니다!

끼릭
최상층까지
올려드리겠습니다!
끼릭
뿌직
뿌지직

벌컥
흙마법 단장!
물어볼 것이
있….

쨍
쨍
으응? 누구시지?
으윽!! 내 눈!!

모자… 모자 좀 써줘!! 앞을 볼 수가 없잖아!
엥… 더워서 싫은데….
째
앵

아, 왕국에서
오셨군요.
항상
흙마법사들을
고용해주셔서
감사합니다.

혹시 섬을
만드는데 무슨
문제라도…?
그건 아니고…
태초의 어류에 대한
정보가 좀 필요한데,
혹시 태초의 어류가
토하는 걸 본 적 있어?

음… 저도
어류가 토했다는 건
소문으로만 들어서….
어휴, 이제야
좀 뭐가 보이네.
응?

쿠
태초의 대륙 부동산
태초 지식
정보타운
APT
분양권
전월세
상담
태초
IC
그린벨트 구역
저 지도…
완전 대박인데?!
쿵

태초의 대륙 부동산
APT
분양권
전월세
상담
샤샥
보면
안 돼——엣!!
어디서
우리 정보를
빼내려고!!
잠깐
빌려주시면
안 될까요?
절대 안 돼!!

할아버지 힐을 몇 번 하면 돼?!

그… 그건 좀 매력적인 제안이군요!

멍ㅡ
신규 흙마법사
800명을
모집해야 한다고?!

마법 학교
흙마법사
되실 분~
4대 보험
적용됩니다~

아유!
요새 흙마법
누가 해요!
그냥
읽어라도
보세요!
전 백마법과
갈 거라고요!

뭐…지?
백마법사가
훨씬 인기가
많잖아…?

와~!!
백마법사님이다!!
백마법사님이
오셨어!
꺄아 —

꺄아아아악!
백마법사니이~
~~이이이임!!
백마법사님!!
샤방
샤방
절 뽑아주세요!!

마법계에도 전공 쏠림 현상은
심각한 상황이군요

이… 이거….
너무 비교되는데…?
백
흙
백
흙

당신의 아름다움을 평생 지켜드리는
美 백마법
밝고, 맑은 피부.
美백마법사 클리닉
주름 제거 · 전신 제모 · 치아 미백
흙마법으로 人生逆轉
風水 지리
공인 중개
월 수입
400 가능!
흙마법 단장 : 오단장
풍수지리 1급 자격
공인중개사 2급 자격 외
다수 보유!
24 시간
문의 : 828-2884-22
누가 봐도…
흙마법이 비호감이잖아….

어머… 나도
요즘 팔에 주름이
져서 고민인데
백마법 클리닉에
가볼까.
불끈!
어…
네 맘대로 해.

예약해 주셔서
감사합니다,
앨리사 님.
앨리사 님과 정신 님의
백마법 컨설팅을 담당할
레이나 상담실장입니다.
美백마법 상담실
우리 한번!
최첨단 마법 장비
진단을 통해,
합리적이고
마법적인 백마법
분석을 해볼까요?

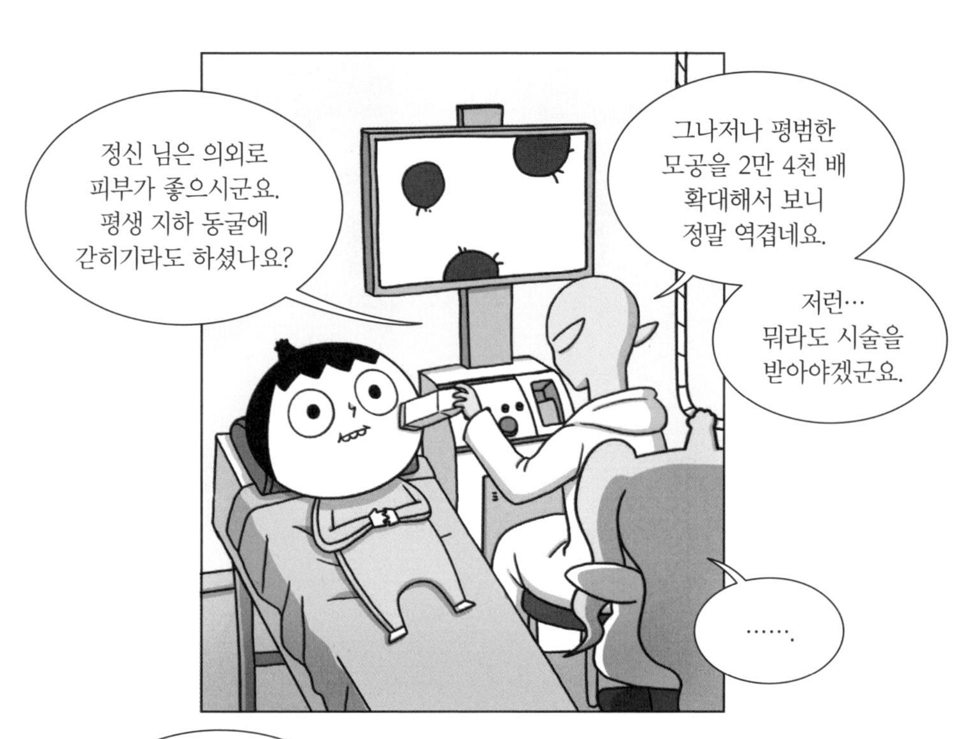
정신 님은 의외로
피부가 좋으시군요.
평생 지하 동굴에
갇히기라도 하셨나요?
그나저나 평범한
모공을 2만 4천 배
확대해서 보니
정말 역겹네요.
저런…
뭐라도 시술을
받아야겠군요.
…….

최고급 풀 패키지
크리스털 코스로
백마법 관리
진행하겠습니다~
이… 이럴 수가…
이게 내 얼굴?!
샤라라라랑

휙
앨리사,
너는 어때…?

?!

응?
왜 그리
빤히 쳐다봐?

미… 미안.
애… 앨리스가
생각나서….
빠안—
도대체
앨리스가
누구야?

그 세계에도
또 다른 내가 있다고?
신기하네.
거기선 내가
네 친구라고?
으… 응.
뭐 그렇달까….

나 참…
너 같은 애랑
친구라니.
너한테 미친 게
아니고서야,

너 같은 애를
왜 만나?

아가씨… 여기서
계속 밤을 새우시면
건강에 안 좋습니다.
무슨 변화가
생기면 저희가 즉시
알려드릴 테니….
아니요.
계속 있을 거예요.

저거라도 봐야
지금 미치지 않을 것
같으니까요.

그나저나
이 샐러드… 너무
맛이 없는데….
美백마법 상담실

새똥에 절인
썩은 쑥입니다.
전부 드셔야
백마법의 효과가 지속되니
토하지 말아주십시오.
'양해'
부탁드립니다.

어디서
토하려 들어!
이게 얼마짜리
백마법 코스인데!
국물까지 다 삼켜!!
읍….
으적
으적
퍽
다 안 먹으면
죽일 거야!!

꿀꺽..
안 돼, 못 먹어!
이건 절대 못 먹어!!

우웨에에엑!!
푸
악

저런… 다시
드실 수 있게
도와드리겠습니다.
쭉— 쭉—
쭉쭉—
부들
부들
이…
이때다!!

마법진의 원리는
대충 알았으니…
차원 위치는
특정할 수 없지만
어쨌든 어디론가
보내버리는 거야!!
샤샤샥
파 앗

툭!

꾸욱
호오~ 다른 음식을
곁들이시다니,
훌륭한 방법입니다.
어부붑브붑

34화 태초의 퀘스트 5 : 찾아낸 방법

샐러드 정도로는 부족해….
뭔가 보기만 해도
토할 것 같은
수준이어야 할 거야.
게다가 그걸
섬 크기만큼은
준비해야 할 거고….
어웁….

그나저나
왜 美백 마법사가
인기가 많고…
사람들이
흙마법사를 지원하지
않는지 알 것 같아.

맞아, 이 정도로 수입이 다르면… 당연히 백마법 전공으로 가겠지.
풍수 지리
무료 상담
토정비결
전신 제모 마법
백마법
스파
뷰티 마법
하지만 괜찮은 아이디어는 찾았어!
흙마법사 단장에게 돌아가자!
백마법 샐러드
백마법 샐러드
선물도 챙겼으니, 어서 가자고!

터엉—
쿠당탕탕

찾았…습니다…
방법….
오! 전혀 기대
안 하고 있었는데 정말
찾았단 말입니까?
백마법
샐러드
네, 그리고 이건
백마법사의 탑 특산물
'미용 샐러드'예요.

오! 미용 샐러드라고?
다행이군. 그동안
피부가 푸석푸석했는…
데헷♡

퓨슈슈 슈슈슈슈슈

백마법사 녀석들!!
날 암살하려는 건가!!
전쟁!!
전쟁이다!!
허억
허억
지… 진정
하세요!
휴우…
피부가 좋아지긴
하는군요.
그래서
당신이 생각했다는
그 방법이 뭡니까?
네, 우리는
美백 마법사의 인기의
비밀을 찾아내기 위해,
직접 美백 마법사의
탑으로 들어갔어요.
그곳에서 우리는
풀코스 백마법 시술을
받았습니다.
꽤 많은 돈이
들었지요.
샤라라랑

…그래서
뭐 어쩌라는….
침착하게 더
들어보십시오!
백마법
시술 과정 중에
제모 코스가
있었습니다.
접착제나 왁스가 없는
이쪽 세상에서
제모하는 과정에
너무나 감동했지요.

이럴 수가! 이렇게나
반질반질하다니!!
이게 가능한 일인가?!
마치 마법 같아!
깜짝!
마법 맞습니다, 고객님…
그리고 이 제모 효과는
48일에 걸쳐 온몸으로
퍼져 나갈 겁니다.

오! 제모 효과가
점점 퍼진다고요?
네.
효과가 좋은 만큼,
부작용이 있긴
합니다만….
그건
바로….

타…
탈모라고?!
훌러덩
그래서 녀석들의 머리가…!!

흥미로운 정보긴 하다만….
백마법사들의 탈모가 우리에게 무슨 도움이 될지….
단장님… 제 머리 위에 눈꽃처럼 부드러운 흙마법을 써주십시오.

뭐?
이… 이렇게…?
사사사삭
사사사삭
사사사사사사삭

쿠
쿵
이… 이건!
마치 풍성한
머리카락 같잖아!!
부들..
부들..
그렇습니다!!
이것이야말로
백마법사들은 절대
따라 할 수 없는
궁극의 미용 마법!!

훌채!!

이럴 수가!!
이런 방법이
있었다니!!
우리도 드디어
미용업계로 진출해
떼돈을 벌 수
있게 됐어!!
풍―성
짝
짝
짝

재개발 따위는
이제 필요 없네!
이 지도는
자네 거야!!
고맙습니다!

후후~
간단하군.
뚜루르르
네, 여보세요?
할아버지?
통신마법
석판

앨리사야~ 큰일이다!!
흙마법사들이 섬 만들기는
힘들어서 더는
안 하겠다는구나!
남은 계약기간이
끝나면 재계약은
없다고 하는데…
거기서
대체 무슨 일이
있었니?!

깜짝!
뭐…
뭐라고요?!

이제
어떡할 거야!
흑마법사들이
이젠 일을
안 하겠다잖아!!
켁!!
미.. 미안해!

에구… 속에서
제대로 된 음식을
달라고 아우성이네.
지도도 구했고 하니,
오늘은
회식이나 하자.

흙마법사 펍 앤그릴
24

어서 오십시오,
위대한 앨리사 님!
주문하시겠습니까?
일단
흙맥주 2L에
고기!

흠흠….
난 이 주점을 조금
둘러보겠어.
아니, 왜…?

후후…
원래 정보란
주점의 NPC들에게
구하는 거야.
엔피씨가
뭔데?

음! 딱 봐도
중요한 사연이
있는 것 같군!

저기요~
실례합니다.
물어보고
싶은 게 하나….

엉?
정신 아냐?
다…
단장님~
이셨어요?!!

하하!
이 주점은 젊어서
단골이었던 곳이지!
하지만 줄어드는
머리숱과 함께 자존감도
줄어… 그동안 방문하지
못했었지….
하지만! 이젠 자신 있게
다닐 수 있어!
이게 다 자네 덕이지!

오늘의 술은
내가 다 쏜다!!
모두 마셔 마셔!
마음껏 마셔!!
우오오오오

음… 이런
전개를 기대한 건
아니었는데….

너!! 이유는
모르겠지만!!!
자네의
동그란 생김새가
맘에 들었어!!
와우~! 땡큐우~
단장님~!!

그래서
흙마법의 정수를!
자네에게!
전수해 주겠네!
와우~! 그렇담
나도 이세계의
마법사?!

그럼 그럼!
마법에 재능이 있다면
쓸 수 있지!
충—격!

흙마법의 정수를
이 잔에
담아주겠네!!
워후——!
단장님
최고오—!
뾰롱
뾰로롱

쭉—쭉! 쭉쭉!
쭉—! 쭉! 쭉쭉!
꿀꺽
마셔라!
꿀꺽
꿀꺽
마셔라!

흙마법사
전직 성공!!
두둥

됐어! 이제 자네에게
재능이 있다면! 흙마법을
시전할 수 있어!
와후!! 저도
해보겠습니다!!
뿌직
뿌직

부웅

퉤
오! 된다!! 된다!! 저도 이제 연습하면 흙마법이 늘겠군요!
아니, 그게 끝이야. 자넨 재능 없어.
고오오오…
흙마법 단장의 정수를 받고도 그 정도라니, 어지간히 재능이 없군.

콸콸
그럼 그냥 잊고 마시기나 하자고!!
콸콸
와후!! 잊자 잊어~!!

다음 날…
으으….
으…
으으….
머리야….

숙취!! 숙취로 죽을 것 같아!!
소리치지 마!! 내 머리를 도끼로 찍는 것 같으니까!!
비틀
비틀
조금만 더 가면 약국이니까 좀 참아!

저런, 굉장하게
마셔댔나 보군요.
저끈
저끈
수… 수…
수수수수숙….
네, 굳이 말씀하실
필요 없습니다.
여기요.

고… 고작
이 정도로 숙취
해소가 된다고?
2L는
필요할 것
같은데….
일단 드셔보세요.
흙맥주 숙취엔
그게 최고니까.

또——옥

푸
슈
슈
슈
슈
슈
푸어어어어어어어억!

푸아아아악
이… 이럴 수가!!
한 방울 더 마셨다면,
내장까지 몽땅 쏟아낼
뻔했어….
내 평생 이런
오바이트는 처음….

푸슈—
그… 그래!!
이 약이라면…!!

이.. 이 약은
어디서 구할 수
있죠?
어…
그게…

36화 태초의 퀘스트 7 : 불량배에겐 철퇴를!

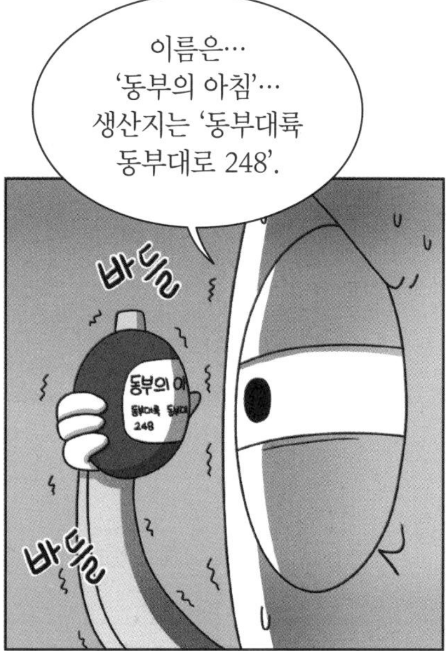

욘석들! 고작 이런
푼돈을 벌어온 거냐!
제대로 혼나볼래?!
먹여주고
재워줬으면
밥값은 해야지!
후에엥—
죄송해요우—

흥, 어딜 가나
저런 불량스러운 것들이
있다니까….
잠시만
기다려.
애…
앨리사!

거기 너희!
약자를 괴롭히다니!
정의의 이름으로
네 사악한 얼굴을
뭉개…
처
억

샤방
샤방
응?
넌 뭐 하는
녀석이지?!
샤방

어… 얼굴만은
뭉개지 않겠다!!
그러니
순순히…
애… 앨리사?!
갑자기 왜 그래?!

순순히 카페에서
흙차나 한잔하지!
이런 이런….
흙차는
참을 수 없지.

앨리사!!
지금 이럴 때가
아니야!!
어서
동부로…!
탁!

괘…
괜찮아요우?
얼굴이
뭉개졌어요우….
우윽….
이상하군….

피도 눈물도 없는
잔혹한 앨리사가
불량배들과
차를 마시다니….
물 대신 맥주를
마시던 녀석인데….
맞아요,
마법이에요우…!
마치
마법 같은….

불량배들은
사악한 나 작가의 힘이
봉인된 마법 목걸이를
착용한 거예요우….
고오오오…
맞아! 여기
마법 있었지!!

하루에 한 번,
2시간 동안 매혹적인
고급 그림체를 갖게
되지요우….
게다가 목걸이는
함부로 뺄을 수도
없어요우….
훌쩍..
훌쩍..
오직 28살 4개월
이후까지 동정인
순결한 남자만이 목걸이를
뺄을 수 있….

팍—!
어.
엉.

뭐야!!
이 동그랑땡은!!!
챙그랑!
커헉!!
헉!! 내가 왜 여기서 차를 마시고 있었지?!
쿠오오오오오오오오..
이제야 돌아왔군! 다행이야!
이 사악한 목걸이에 홀렸더군!

너무나 사악하니 가방 속에 봉인시켜둬야겠어.
쏙
앗, 뭐지. 방금 뭔가 좋았는데, 한 번만 더 들어줄래?
안 돼.

고마워요우
앨리사 님!
다다다다 다다다다
덕분에 저희도
풀려날 수
있었어요우!
아! 너희!
괜찮니?!

그랬구나….
저 녀석들한테 붙잡혀서
매일 구걸을….
이쪽 존, 밥도
사는 게 녹록지
않군….
저희…
동부 대륙에서
왔어요우….
엄마 아빠…
잃어버렸어요우….

좋아!! 마침 잘됐네!
우리도 동부 대륙으로
갈 건데 같이 가자!
애… 앨리사!!
가…
감사해요우!

애들을
여기에 두면 너무
위험할 것 같아.
적어도 대륙을
건너가는 것까진
도와주려고.
끄응… 알았어….
네 맘대로 해.

앨리사
누나….
역시 좋은
사람인가봐….
활
짝

한편 어장관리 수업이
한창인 줄줄통합고에서는...

드르르르륵
어? 반장?
무슨 일이야?

더는… 우리 학우들을
불순한 어장관리에
물들이지 않겠어!

결투다!
정구!!
이번
'정령 과학 경진 대회'에서
나에게 지면,
어장관리 수업을
포기하는 거야!!

뭐…
뭐라고?!

반장!! 조건이 너무
가혹한 거 아냐?!
한창 중요한 단원을
들어가는 중이라고!!
맞아! 너도 어장관리
수업 슬쩍슬쩍
듣는 거 다 알아!!
네가 지면
어떻게 할 건데!!

내가 지면…
졸업할 때까지
어장관리 수업
도우미가 되겠어!!
반장…
왜…
왜
이렇게까지?!

시즌3
놓지마 정신줄!!
37화 · 38화
정령 과학 경진 대회
감독

그… 그래!! 반장은 내가 요즘 어장관리 수업을 게을리했단 걸… 알았던 거야!
쿠
쿵
그래서 충격 요법을 쓴 게 분명해!

반장! 이 수업을 향한 너의 열정!
잘 알겠어!
끄덕

찡-긋
아… 아니!! 쟤는 왜 갑자기…
이상한 눈빛을 내게 보내는 거야?!

좋아! 반장!
너와의 승부!
받아들이겠어!!
안 돼!
정구야!!
그런 승부
안 받아도 돼!!

선생님,
〈정령 과학 경진 대회〉는
뭘 하는 대회인가요?
음… 나도
정확히는 잘
모르겠지만….

저 하늘 위의
정령 유니언에서
개최하는 대회란다.
아직
인간 학생들은
도전해본 적이
없지….
J☆U
사…
상금이라도
있나요?

상금 따윈 하나도
없는 것 같지만
만약 입상한다면…
인간 최초로 정령계에서
우승한 경력이 생기부에
한 줄 추가되는 거지.

새…
생기부에…
술렁…
경력 한 줄이?!

생기부에
경력 한 줄! 그건
절대 못 참지!
후후!! 오랜만에
나의 과학 탐구력을
발휘해야 하나?
정령 과학
경진대회
음… 지금 참여
가능한 종목이…
하나 남았네.

낙하 구조물
실험.
2인 1조로
신청하는 건데,
정구는 누구랑
짝을 할래?

정구야!! 나랑
파트너 하자!
아니야!
나하고 함께해!!
와아아아아아아
나야말로 과학 선행만
10년 치를 했다고!
아니야! 내가
과탐의 정복자야!

흐읍!
마비 수염 공격!!
퓨슈
퓨슈
퓨슈
퓨슈
아——악!

다치고 싶지 않으면 물러나!
내 생명의 은인, 정구의 파트너는 바로 나다!!
내가 왜… 생명의 은인??

음… 정구 팀은
김복어….
반장 팀은
김과학인 건가….
좋아….
이 구성으로
신청할게.

후후…
이 몸은 4살 때부터
매년 488회 이상
구조물을 떨궈…
단 한 번도
계란을 깨트리지
않았지.

휙!

슈우우우우우우…
이… 이럴 수가!!
그 높이에서 떨어뜨렸는데도
달걀이 깨지지 않았어!!
툭!
후후… 과학의
위력을 알아보겠나?
넌 내 상대가 안 돼.

훗~! 정구,
시간 낭비 말고 지금
포기하는 게 좋을걸?
아니, 반장.
난 포기하지 않아!

난 오로지
널 위해…
도전하는 거니까!
뭐…
뭐뭐뭐…
뭐라는 거야,
저 바보가…!!
쿠쿵…
그럼 모두…
정령계로
가볼까?

빰 빠밤~
빰빠라밤~
아니, 이게 무슨 일이야? 인간들이 왜 우리 과학 대회에 참가한 거야?
수군
그게… 나도 잘은 모르겠지만….
수군
수군

쿠오오오오오…
생사부…?
살기부…?
하여튼 학생 때 목숨을 걸고 만들어야 할 게 있대.

인간의 정신줄 놓은 입시 경쟁을
정령이 이해하긴 어렵죠...

정령 및 소수의 인간 여러분! 환영합니다!!
그럼, 오늘 진행될 '낙하 구조물 실험'에 대해 설명하겠습니다!
규칙은 간단합니다! 여러분 앞에 놓인 재료를 마음껏 사용해서 만든 구조물이…
인간계에 떨어졌을 때 부서지지 않은 팀이 승리합니다!
쿠
쿵

제한 시간은
40분!!
그럼…
시작하겠습니다!!
여기가 오존층
바로 아래니까…
대략 20km가 조금
안 될 거야!
열심
열심
그럼, 지푸라기를
좀 더 채워야겠군!

저, 감독님.
질문 있습니다.
아무리 둘러봐도
안에 넣을 달걀이
없는데요….
감독
엥?
달… 걀?

달걀이
왜 필요하죠?
감독
어… 달걀을
구조물에 넣어야
떨어트릴 수
있잖아요.

엥~?
아닌데요.
우린 구조물에
파트너를
집어넣습니다.

뭐… 뭐라고요?!
그걸 말이라고…!!
당연히
죽잖아!!
나… 난
타기 싫어!!
바… 반장…
과학에 내 생명을
걸겠다고 했지만
이건 아닌 것 같아.
포기할래….
그… 그래,
어쩔 수 없지.
정령들은 안 죽어서
별 상관없는데
인간은 확실히…
뭐, 이해합니다.
이얍!
완성!

이제 달걀만
넣으러 가면
되는 건가?
아까 감독님이
뭐라고 하신 거야?

턱

어?
기우뚱

아――아아악!!
데굴
데굴
데굴
보… 복어야!!

이럴 수가!!
인간의 정구팀!!
제일 먼저
낙하 실험을
시작합니다!!
수우웅…
복어야!!
아——악!!!!
복어를
구해야 해!!
파
야
아——악!
슈아아아악
저… 정구야!!
너 미쳤어?!

착!
와… 와준 건
고마운데… 이러다
둘 다 죽어!!

아니! 저쪽을 봐!
만약 바다로
떨어진다면…
슈아아아아아
우린
살 수 있어!!

그… 그러기엔
속도가 너무 빨라!
이대로 수면에 떨어지면…
죽을 수 있어!!
걱정 마!!

아빠가 내가 정말
힘들 땐 할아버지에게
도움을 요청하라고 했어!
지금이
그때야!!

뭐?!
그게 다야?!
지금 이게
할아버지랑
뭔 상관이야!!

할아버지이이이
이이이이이!!
히이이익
정구가 미쳤어!!

쿠오오오오오오

촤아아아아아악
촤악
촤아아아악
어부붑으붑!!

쏴
아아
아…

오랜만이다.
정구야~
슈르르…
가… 감사합니다.
할아버지!!

줄줄TV 8시 뉴스
속보입니다!
정령 과학 경진 대회에
참가했던 고교생 두 명이
추락하는 사고가
있었습니다!
하지만 다행히
우연히 발생한
토네이도에 휩쓸려
무사히 바다에…

정구야,
경진 대회에서
연락이 왔단다.
실험 결과
너하고 복어가
입상했다는구나.
아이고!
푸드득
우엑!!
파사삭
축하해
정구야!!
부럽다!
축하해
김복어!!
짝
학교생활기록부
학교생활기록부
짝
짝
짝
짝
오예! 생기부
수상 경력!!
챡!!
수고했어
김복어!

할아버지가 용왕이 아닌 이상…
정령 과학 경진 대회에는
절대 참가하지 마세요!

시즌3
놓지마 정신줄!!
39화
봄날의 김공철

안녕하세요,
김공철 선생님.
앗! 미술 선생님!
여기는
무슨 일로….
복어 군의
얘기를 듣고
왔어요.

정구 군의
아침 수업이 그렇게나
유익하다면서요?
네, 맞습니다.
저의 교사 인생을 걸고
이보다 유익한 수업은
없습니다.
맞아요, 선생님!
저도 강력하게
추천드립니다!

어장경영 II
적은 관리로 오래 지속
되는 순환 어장 만들기.
이번에
수업 참관하게 된
송미술입니다.
잘 부탁드립니다.
아… 네….
그런데 선생님들,
꼭 교복을 입으셔야
겠어요?

여차저차…
그럼 이것으로
수업을 마칩니다.
다음 수업 때
예습해올 부분을
정리한 프린트야.
짝
짝
짝
짝
짝
짝

정말…
구절 하나하나
인생에 많은 도움이
되는 수업이에요.
네, 저도
이 수업 덕분에
자신감이 생겼어요!
다음 주에 소개팅
나가려고요.

오! 선생님도요?
저도 다음 주에
소개팅하는데!
공철 선생님도
좋은 결과 있길
바랄게요!
오옷!!

대박!!
선생님들 다음 주에
실습 가신대!!
역시
선생님들이시군요!
재밌게 어장 실습
다녀오세요!
헤헤…
아이 참…
부끄럽게~
교복은 좀
갈아입으시고요.

하하… 그래도
성공할 확률은
희박하니까….

그렇죠, 수정 성공
확률은 예상외로
높지 않으니까요!
너무 부담 갖지
마세요!

수… 수정이라니!!
큰일 날 소리를!!!
…?
지금이 딱
번식기일 텐데….

소개팅 당일…

자,
앉으시지요.
스르륵..
어머.
고마워요,
공철 씨.

사진보다 더
훈훈하시네요~
하하, 과찬의
말씀이십니다.
저어… 예림 씨는
이상형이 어떻게
되시나요?

저는
유머러스하고…
잘 먹는 남자
좋아해요.
수줍..

유머러스하고…
잘 먹는…!!
MENU
와구

앗!! 다시 하늘로
올라가시려나 봐요!
퉤
퉤
퉤
퉤
앗, 왜죠?

선녀이시니까요!
아하.
꺄르르르르르르!!

정말이지… 어떻게
이번 편이 통과되었는지
모를 정도의…
굉장한 유머 감각
이시네요.
스윽..
그럼 전 갑자기
해외에 계신 부모님이
편찮으셔서 이만….

예… 예림 씨!!
제가 공항까지
운전을!!
탓!
부아아아앙
아뇨, 너무 급해서
오토바이를 훔쳐
질주해야겠어요.
식사비는
결제해두었습니다.

부아아앙
끼이익
끼익-
아….

에휴…
너무 웃겨서
부담스러우셨나….
유머
좋아한다며….
터덜..
터덜..
올해도
물 건너갔군….

영무 씨!
영무 씨!!
어흐흐흑!!
벌
컥

미…
미술 선생님…?
설마…
저 남자에게
몹쓸 짓을…?
아…
그… 그게
아니고!!

아… 그리스풍
회화 모델을
부탁하셨다고요?
네… 멋지게
그려드리려고
했는데,

그림에 너무
집중하느라 24시간을
그대로 두는 바람에….
저런… 저도
글쓰기에 집중하면
시간 가는 줄
모르겠더라고요….

그렇다면 절
모델로 쓰시는 건
어떻습니까!
꼿꼿—
올바른
독서 습관으로
단련된 척추와
코어 근육으로,
일주일은
바른 자세로 책을
읽을 수 있습니다!
과… 과연!
그렇다면!!

공철 씨는
책을 읽고…
저는 그림을
그리면 되겠어요!!

드르륵-
애들아,
미술 선생님
못 봤어?
요새 공철 쌤도
안 보이시는데…
어장 실습에서
무슨 사고라도
났나?

떠올리면 정신줄 놓고 싶어지는

그런 소개팅 경험...

혹시 있으세요?

시즌3
놓지마 정신줄!!
40화
순탄할 리가 없지

흙마법사의 도시 항구
쏴아-
쏴아-

배인지…
나뭇조각인지 모를
이런 배를 타고…
저 망망대해를 건너
동부 대륙으로
간다고?
이건
미친 짓이야.

배가 다
그게 그거지,
웬 투정을 그렇게
부려!
휙!

꺄오!!
투
학

벌써 배가 이상한 자세로
가라앉기 직전이잖아!!
이러다 출발도 못 하고
죽는다고!!
어… 그러네?
아직 실을 무기가
더 많은데….
뽀글
뽀글

저… 저희
안 탈래요우.
여기서
새 삶을 찾을 수
있어요우….
끄응….
절대 안 돼!
내가 꼭 동부 대륙까지
데려다주겠어!

좀 더 큰 배는
없는 건가….
여어~
앨리사와 일행들~
안녕하신가~

아, 아닛!
흙마법사
단장님!
못 보던 사이
많이 블링 블링
해지셨군요!
반짝
반짝
하하~
덕분이지 뭐~

참, 소개할 사람이
있는데~ 이쪽은
백마법 단장이야.
만나서
반갑습니다.
찰랑~
여러분들께서
흙마법사들의 미래와
백마법사들의 고민을
해결해 주셔서…
감사 인사를
드리러 왔습니다.

잠깐 보니…
쓸 만한 배가 없어
곤란해하시던데,
저희의 배를
빌려드릴까요?
네! 그럼
완전 좋죠!
꼬르륵
뽀글
뽀글

쾌속의 백조호
빠
밤
부글
부글

디자인은 끔찍하지만…
확실히 더 낫긴 하군요.
그리고 이건
백마법사의 힘을
끌어낼 수 있는
'백마법의 정수'입니다.

그런데 듣기로는
재능이 하나도
없다고 하던데….
맞아, 재능 꽝이야.
그냥 음료라
생각하고 마셔.
아… 네…
감사…
합니다.

고마웠어~!
잘 다녀오게!
배에 필요한 건
다 있으니! 걱정 말고
편하게 다녀오세요~!

좋았어!
이제 가는 거야!!
동쪽으로!!
콰아아아아아

24일 후…
쏴아아..
쏴아아..

으으…
배에… 필요한 건
다 있다더니….
모조리
미용 제품만
있잖아….
처덕..
굶어죽어도
피부는
촉촉하겠군.

시간이 더 지나
48일 후…
으으…
바람도…
조류도 없어….
이… 이렇게
아름다운 모습으로
죽을 순 없어….

쿠웅

뭐… 뭐지?!
설마…!
벌떡

드…
드디어!!
웰컴 웰컴 동부대륙!!
동부 대륙에
도착했어!!

위… 위기입니다,
회장님!!
더 이상… 반도체를
구할 수 없습니다!!
대란이
일어났습니다,
회장님!!
어떻게 할까요?!

돈으로는 도저히
해결이 안 됩니다!
어떻게 할까요,
회장님!!
썬더 자동차의
주식이
폭락했습니다!!

잠시…
모두
나가주세요….
당장….

슥...

뚜르르르르...
82%- 8△%△-Ø248
통화 중...

뚜르르르..
뚜르르르..

어머…
앨리스?

이게
무슨 일이람~?

시즌3
놓지마 정신줄!!
41화
어차피 상황은
불확실성의 연속이다

D B J

흐-응,
귀하신 몸께서 이런 누추한 곳까지 오시다니….

웬일이래? 네가 전화를 다 하고?

그래도
영광이네—
지금까지도
내 번호를 기억하고
있었을 줄이야.

아, 그거….

그동안 과일 가게
전화번호인 줄 알고
안 지우고 있었거든.
등앵두
그…
그 이름으로
등록해두다니!!
허둥
체리!
체리라고!!
차라리 지워!!
지둥

뭐, 됐고.
어서 여기까지 행차하신 이유나 말해봐!

너… 반도체 좀 갖고 있니?

전부 사겠어.
전액 현찰로.

흥!
미안하지만…
우리 회사도
코가 석 자라….
4배 가격으로
사겠어.

400조.
감당할 수
있겠어?

빡
입금했어.
JJ은행 BLACK
앨리스 4통장
DBJ 그룹
-400,000,000,
000,000
잔액 : 4824,000
000,000,000
손으로 옮기든
헬기로 수송하든
다음 주까지 갖다 놔.

한편 동부
대륙에서는…

와작
와작

이 정도면
어디든 갈 수
있겠어!
준비는
완벽해요우~!
좋아!

그럼 이
태초의 바퀴벌레 좀
수레에 달아줘.
푸드득
푸득
푸득
히야아아아아
아아아아아악!!

왜 기절한
거지?
사사사삭—
이런 작고 귀여운
생명체가
어디 있다고….

잠깐 정지!
어디로 가십니까!

그걸
만드는 곳으로
가려는데요.
동부대로 248길
말씀이신가요?
귀여워라..♡
동부의 아침

흠… 이걸 어쩌죠?
지금은 그곳에
가실 수 없습니다.
아… 아니,
왜죠?!
동부의 아침

밖을 보시죠.
이 사막을 뚫고 24일은
더 가셔야 하는데….
엥?! 이…
이럴 수가…
휘오오오
쿠아아아아
거기다 지금은
한창 모래폭풍
시즌이라….

지도에는 분명히
녹색 초원에 야자수가
그려져 있었는데….
휘오오오
오! 세계지도라니!
대륙에서 보기 힘든
귀한 물건이로군요!
그런데 이 지도…
만든 지 24년은
더 돼 보입니다.
그 시대쯤에는
이곳이 푸릇푸릇
했거든요.
으으으…
의뢰를 해결해주고
받은 지도가…
아무짝에도 쓸모없다니…
단장 이 녀석…!

모래폭풍이
사라지려면
서너 달은 걸릴
겁니다.
위험하니
그때 다시
오세요.
쿠오오오오오

서…
서너 달
이라고?!
쿠
쿵

딩동~! 사랑을
전하는 DBJ 택배
입니다!!
요청하신 반도체
48만 박스…
DBJ
DBJ
DBJ
DBJ
DBJ
택배
…나머지
88만 박스는
어딨죠?
죄송합니다!!
조만간 24차
배송을…

시즌3
놓지마 정신줄!!
42화
물이라고
다 같은 물이 아니다

후~
벌컥

주리야! 아니 애는— 샤워를 뭐 그리 오래 해! 요즘 난방비가 얼만데!
힝… 나름 아껴쓰고 있어요.
뭐 어쨌든….

준비는 됐겠지?
번뜩
정말… 해야겠어요?

저탄고지,
원푸드,
디톡스,
간헐적 단식…

우리가 안 해보고, 또 안 실패한 다이어트가 없잖아?
그… 그야 그렇죠….

그래서 마지막 방법을 준비했지.
쿠웅

이독제독 다이어트!! 독은 독으로 다스린다!!!
후오오오오오…

정말 마지막이 돼버릴 수 있다고요!!

하지만…
흥미가 돋는군요!
꿀꺽..

쿠쿠쿡!!
그래야
내 딸이지!!
자!
쭉 들이켜는
거다!!

짠!!!!

쭈———욱

한편…
동부대륙에서는…
어디 보자…
여기 동부대륙에
오기까지…
중앙대륙에서 한 달…
배를 타고
석 달을 표류….
맞아, 그렇게
4개월이 흘렀어.
깨진 마법진은
아직도 그 상태
그대로.

그러니까
하루도 시간을 더
지체할 수 없어!!
당장 출발~!!!!
쿠콰콰콰콰

콜로옥!!
콜록!!
모래폭풍이
너무 심해요우!!

음~
상쾌한 공기~
오우! 정신 님은
어떻게 아무렇지
않아요우?

우리나라의
미세먼지에 비하면
이건 아무것도
아니야.
흠—하
이럴 수가!!
흠—하

아무짝에도
쓸모없는 녀석이라
생각했는데…
다시 봐야겠는걸?

하지만
48일 후…

헉… 헉…
해가 질 때까지 그늘에서 좀 쉬자….
쨰앵ㅡ

끄으으으….
뭐… 뭐 하는 거야?!
갑자기 왜 바닥에다 그림을 그려요우?!

아냐… 마법진을 이용해, 물을 가져올 거야!

무… 물?! 그게 가능하다고?

마법진 완! 성!
파앗!
뿜어져라!
물이여!!

고요…

아무 일도
안 일어나잖아!!
잔뜩 기대했더니만!!
꾸에에에에
에에엑!
휘적
휘저
툭
물!!
물 내놔요우
물!!!

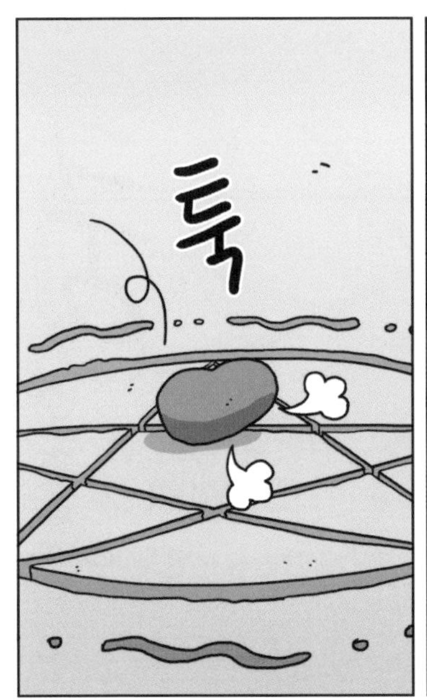
툭

파야

도… 돌이 없어졌어?!
이… 이게 어떻게 된 거죠우?!

이… 이럴 수가?! 이건 소환의 마법진이 아니야!

그… 그렇다면…
설마?!

내가 드디어…
쿠 쿵
귀환의 마법진을
만들었어!!

오! 그럼 마법진으로
네가 있던 곳으로
돌아갈 수 있는 거야?
그럼 당장
입을 하나라도
줄여야…!
콱!
잠깐!!
잠까안!!

아직 좌표계 설정을
정확히 모르겠다고!!
이상한 곳에 귀환 한다면
즉사야! 즉사!
옆집 담벼락
사이
활화산
바로 위

아직은 좀 더
실험해 봐야 하고…
대신 이걸
이렇게 고치면…
휘적
휘적
아마도… 액체류가
소환될 거야!!

나와라!!
제발…
물!!!!
파
앗

파-
-앗

흠~ 그거 마시면 안 될 거 같은데?!

시즌3
놓지마 정신줄!!
43화
소란을 피우면
나타나는 게 당연

물!!
두
둥
물이 든
항아리인가봐!!

으읍! 근데…
이 냄새는 뭐야?!
썩은 콜라?!
아니…
뭔가 시큼하고
독한 냄새가…?!
후아아아아아아

쏘옥
물!!
물 마실
거예요우!!
아… 안 돼, 얘들아!!
이건 아무리 봐도
맹독…!

오우! 이제
살 것 같아요우!!
톡 쏘는 물 맛이
아주 짜릿해요우!!
갈증만
해소된다면…
뭐라도
좋…
벌컥
벌컥

주…
죽었나…?
고요…

푸슈우우욱
으아아아
아아악!!

크후후후후…
고오오오오오오오…
쿠후후……

이제야
살 것 같군요우!!
몸에 생기가
돋아요우!!
푸슉
푸슉
생기는 무슨! 너희,
폭삭 늙어버렸어!!

맹독 맹독!!
아앗! 태초의
맹독 전갈이…!!

흠!
푸석..
맹독…

맹도오오오오오
오오오오옥———
이… 이럴 수가!!
맹독 전갈이
타들어가고 있어!!
슈아 아아아아아…
대체 무슨
독인 거지?!

음~ 너무
쫄깃해요우.
드셔
보실래요우?
아니…
난 괜찮아.

그… 그래…
때론 저 아이들처럼
생각 없이
도전해 보는 것도
괜찮은 법이야!
쓸데없는
고민은 그만하고…
일단 연습하고
또 연습하자!

이야
아아압!!
오우!!
또 뭘 소환하시는
거예요우?!
휘릭
휘릭
이얍이얍!!

아니!
이건 귀환의
마법진이야!
탓!
오우! 그럼
보내는 것!!

음…? 전송이
안 되는데요우…?

음…
합연산이나 곱연산이
적용되는 건가…
일정 질량을
넘어야 전송되는….
뭔 소리예요우?

그럼
저 큰 바위를
넣어보자.

에휴… 사서
고생이에요우….
귀여운 어린이
부려먹지
말아요우.
쿠르르…
그만 소란 피우고
좀 쉬어! 해가 지면
출발해야 해!

영차!
쿵!
영차!
쿵!
쿵!
쿵!
쿵!

쿵!
쿠르르르르…
쿠르르르르…

쿠르르르
르르르르
쿠콰
콰콰콰콰

어휴! 시끄러워!!
바위 그만 좀
옮기라니까!!
음?
예전에 다
옮겼는데요우?
쿠구구구구…
쿠구구구구…

뭐…?
그… 그럼…
이 진동은
대체 뭐야…?
쿠두두두
두두두
쿠두두두두
두두두

웜!!
웜!!
쿠콰아아아아
오오오우!
콰악

웜!!
웜!!
으아아 아아아아 아악!
샌드웜이다 아아!!

쿠콰콰콰콰콰
위험해!!

주… 죽을 뻔했네!! 무슨 샌드웜까지 있어!!
저건 태초의 쇠똥구리 애벌레야!
태초의 소똥을 다 먹어서 배고픈 게 분명해!!

오우!!
살려줘요우!!
콰콰콰콰콰콰
콰콰콰콰콰콰
역시
따라오는 게
아니였어요우!!

츠츠츠츠츠츠츠츠츠

이… 이런!
둘러싸여
버렸어!
이… 이제
어떡하지?!

그럼…
싸우는 수밖에!
척!

어머—
개운해라—
진작에 이렇게
할 걸…
부스스…
그러게요…
그런데 남은 독은
다 어디갔죠?

시즌3
놓지마 정신줄!!
44화
힘으로도 독으로도 안 된다면

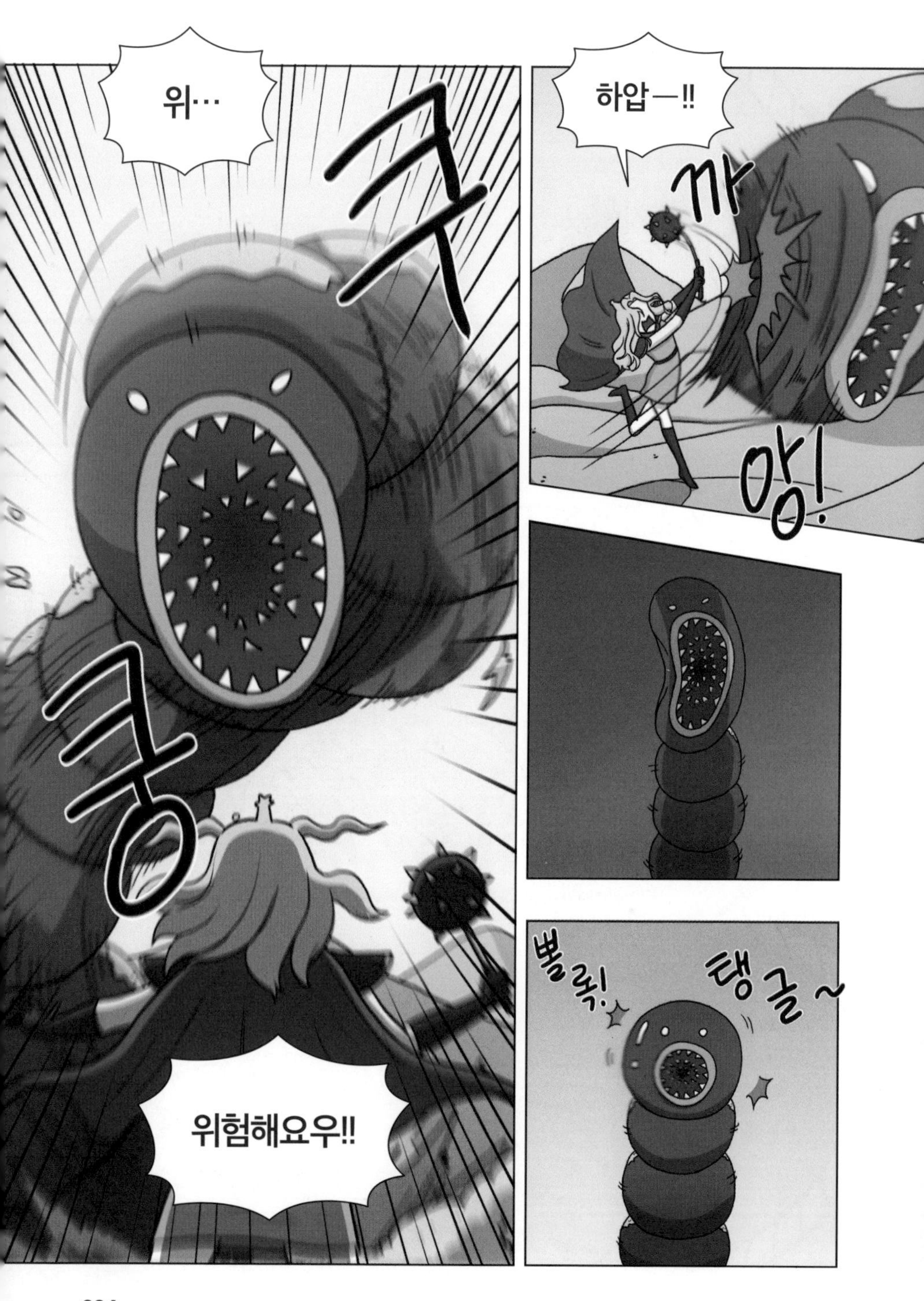
하압—!!
까
앙!
위…
쿠
쿵
위험해요우!!
볼록!
탱글~

으아악!!
전혀 대미지가
없잖아!!
그렇다면
우리에게
맡기세요우!
파앗!
콰콰콰
콰콰콰콰

에잇!! 먹어요우!
우리의 포이즌!!
한껏 들이켜요우!
죽음의 가스!!
후아아아아
후아아아
뿡!

오우!!
독이 통하지
않아요우!!
툴툴
독 저항
만렙인가
봐요우!

잠깐!
내게 좋은 생각이
떠올랐어!!
안 보인다 했더니
거기 숨어 있었냐!!

힘으로도,
독으로도
안 된다면!!
마법진으로
어디 멀리
보내버리는 거야!!
다른 차원으로?!
아주 좋은
생각이야!!

내가 전에 그렸던 곳에
마법진을 몇 개
더 그릴 테니…
촤
이쪽으로
유인해 줘!!
촤
촤
촤-

파앗
콰아아아아아

이쪽이다!!
이 벌레 녀석!!
콰앙

푸슉
푸슉
마법진은
대체 언제
완성되는 거야!!

잠깐!!
마법진을
잘못 그렸어!
왜 Ctrl+z가
안 되지?!
뭔 소리
하는 거야!!

좋아!!
완성했어!!!

알았어!!

콰콰콰
콰콰콰
이쪽이다!!
두
두
두
어디 잡아먹어 보시지!!

두
두
두
두
두
두

쿠아아아아앗
파악

번쩍

파아아아아앗!

슈아아아아아…

서… 성공이다!!
작동했어요우!!
이…
이게 되네…?

어?
그런데 잠깐….

메말랐던
사막이…
쑤욱
쑥

풀이
돋아나고 있어!!
이 지역이
사막화가 된 건
샌드웜의 마력
때문이었군!!
물!!
물이에요우!

한편 모카노
왕국에서는…
후후…
모카노 국왕의
하루는
너무나
바쁘군….
뽕뽕
톡톡

번
쩍
응?

이런 건…

박수니스크
제국에나
떨어지란 말이야!!

모카노 국왕이

에드워드?!

박수니스크 제국?

그동안 모카노 왕국에는

무슨 일이?!

시즌3
놓지마 정신줄!!
45화
맡은 일은 확실하게

태초의 쇠똥구리
애벌레가 사라진 후….

동부 대륙의 사막에는
물이 다시 솟아났다.
벌컥
벌컥

푸하—!
시원해!!
역시 물이
최고야—!

얘들아!
물이 참 깨끗하고
시원하지 않아?

어으—
4년 묵은 각질이
드디어 벗겨지네….
이게
목욕이라는
것이군요우.
벅
벅
너무
상쾌해요우.

목욕이란 거
참 시원해요우—!
부글
부글
부글
끈적했던 독이
씻겨나가는
느낌이에요우—!

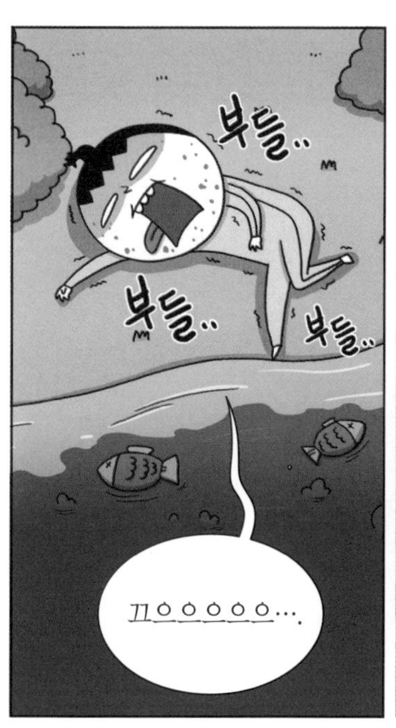
부들..
부들..
부들..
끄으으으으으….

내… 내가
죽으면…
너희를 꼭 우주로
보내버리겠어….
죽었는데
어떻게
우주로 보내.

그렇게 한없이
길을 따라….
대략
2달 후….
덜덜
덜덜
드… 드디어
도착했다!!
여기까지
오는 데 8개월이
넘게 걸렸어!!
동부의 아침
웅바제약

으아아아아
아아아아아악!!
푹!

두
둥
요 써치 어
산업스파이들!
어디서 온
베이비들이지?!
쿠
쿵

우… 우리는
산업스파이가
아닙니다!
'동부의 아침'을
사러 왔습니다!
여기서 만든 게 맞죠?!
쏙

오우,
써치 어 고객님!
어서 오세요우ㅡ.
탁
화살이 빗맞아서
다행이에요우ㅡ.

이 숙취해소제…
좀 사려고
하는데요….
숙취해소제?!
왓 어 조크…?
그거
구토약이에요우.

또옥
2000
L
물 2,000L에
한 방울만 희석해서
먹는 건…
알고 있죠우…?
져스트
한 방울.

……․
오… 지져스…
써치 어 장사꾼들
같으니….

중앙대륙 장사꾼들이
라벨 갈이를
했나보군….
다음에 웰컴하면
킬 뎀 올이에요우.
어쨌든…
먼 길 오신 거 같은데
암 쏘 쏘리…
왜냐하면….

아쉽게도
구토약은 이제
더 없어요우….
콰아아아아..
어느 날
태초의 쇠똥구리
애벌레가 나타나…
대지는 베리 드라이…
약초는 모두
고 어웨이….

어, 그거
우리가 없앴는데.
왓!! 리얼리?!
그래서 갑자기 풀이
돋아난 거군요우!
왓 어 미라쿨!!
그렇다면
희망 있어요우!!

…태초의 어류
치어를 구토하게 하려면…
원액 2,000병은
필요할 거예요우….
돈 워리,
전부 공짜로
줄게요우.
벗 엄…
매니매니 쏘매니
약초 필요해요우….
동부의 아침

약초만 구하면
되는 거죠?
우리가
도와드릴
게요우!
오우… 땡큐….
그럼 저 뒷산에서
모아주겠어요우…?
그렇게
그들은…
찾았어요우!
엄청 많은걸?
열심히
약초를 모았다….

8개월 동안 약초만 찾고
다녀야 하리라는 것은
모른 채….

축
정령 유니언의 창립을 축하합니다!
-정령 상인 협회-
축
한편, 비슷한 시기
정령 유니언…

우리 정령들이
유니언이란 걸 만들다니…
오래 살고 볼 일이군.
바닥, 절약,
배변의 정령으로
시작했지만
점차 세력은
강대해질 겁니다.

좋소,
어서 세력을
키워…
정령계를 더럽힌
인간들에게 복수를!!

어… 근데 우린
인간들의 정령이라
복수할 방법이
없지 않소…?
걱정하지 마시오.
우리의 복수를
대신해줄…
'인간'을
불렀으니….

이… 인간?!
인간을 어떻게
믿고?!?!!
독은 독으로
제압하는 법…
어차피 돈만 주면
무엇이든 해주는 게
바로 인간들이오.
그… 그건
그렇지만…!

끼익…
후후…
걱정 마십시오.
이런 의뢰는
또 처음이긴
하지만

대금만
정확하다면…
일은 확실하게
처리해 드리죠.
씨익—
처… 철수?!

시즌3
놓지마 정신줄!!
46화
대표이사 철수

썬더건설 대표이사 철수

이 사
악당단
저벅
저벅

대표님?
철수 대표님?
끼이이이
계십니까?

썬더건설 대표이사 철수

척!

파앗
휘리릭

슈아아아아

파악

후두둑

인형?!

차
앙

장난이 심하시군요, 선배님.

하하, 후배님.
적당한 긴장은 실수를
줄이는 법이죠.

선배님의
눈엣가시 정 과장을
내보낼 때…
제가 도와드린 것
잊었나요…?
후후…
오 사장을
쳐낼 때
내가 도와드린 건
안 잊으셨는지…?

아—
그랬었군요—
생각났습니다.
대표이사 철수
그래서
그 자리에 오른 거죠,
후배님.

그리고
선배님도 이사님이
되셨고요.

하하, 당분간은
이 동맹이 잘 이어지길
바랍니다.
아, 그나저나…
이 서류, 빠른 결재
바랍니다.

이번 주까지
직원의 절반을 내보낼
계획이니까요.
슥..

한 번에 절반을…?
앨리스 씨가
눈치채지 않을까요?

뭐, 스승님의
지시니까요.
이미 다른 조직원들이
썬더그룹을 전방위적으로
압박하는 중입니다.

다른
썬더그룹 계열사에도
우리 조직이…
대단하군요….

후배님,
사사로운 일은
저희에게
맡겨주시고
후배님은
스승님의 명령 하나만
잘 수행하시면 됩니다.
그럼 이만.

흐음,
스승님도 참….
말이야 쉽지,
이런 골치 아픈
임무를 주다니….

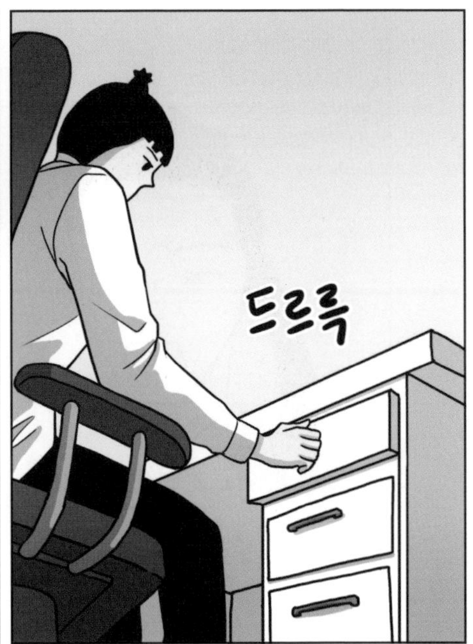
드르륵

결혼…
이라니….

아~
모르겠다….
연애 따윈
평생 못 해본
노인네들의
계획하고는….
띠링
문자왔똥!
문자왔똥!

정령…
유니언…?
제목 : 의뢰 부탁
FROM.
정령 유니언

축
정령유니언의 창립을
축하합니다.
-정령 상인 협회-
하

그래, 자네가
암살 왕자인가?
여기 차라도 한 잔….

차 마실
시간 따위
없습니다.
일은 확실하게
처리해 드릴 테니,
보수로 약속한 보석이나
보여주시죠.

힝… 알겠네….
역시 인간은
피도 눈물도 없군.

영차
영차

자!
이 정도면
되겠지?
달칵

흐음…
그 정도면
괜찮군요.
그래?
그럼 다행…
부──웅
응?

아얏!!
아야야!
투둑
툭

어휴!!
또 나타났네
저 마법진!!
왜 하필
여기다가 돌을
뿌려대는 거야!

마법진에서…
돌이
떨어진다고…?
우우우우…

흐음…
재미있는
기운인걸….
보통 돌은
아닌 것 같은데….

저기, 이 돌들 좀
가져가도 됩니까?
어이구,
치워준다면야
감사하지.
옆방에
잔뜩 쌓아뒀으니
맘껏 가져가쇼.

마법진의 정확한 원리를 밝혀낼 때까지 계속 연습하겠어!
슉
슉
어서 약초나 캐! 이것들아!!

시즌3
놓지마 정신줄!!
47화
어려운 임무

부아아아아앙
영재 연

저곳은
바라만 봐도
뇌가 터질 것
같아….
저기가
익숙해지긴
할까?
영재 연구원☆

빡

스르르..
철컹

스르르르르...

스르르..

뽀글
뽀글

기유우웅...

철컹!

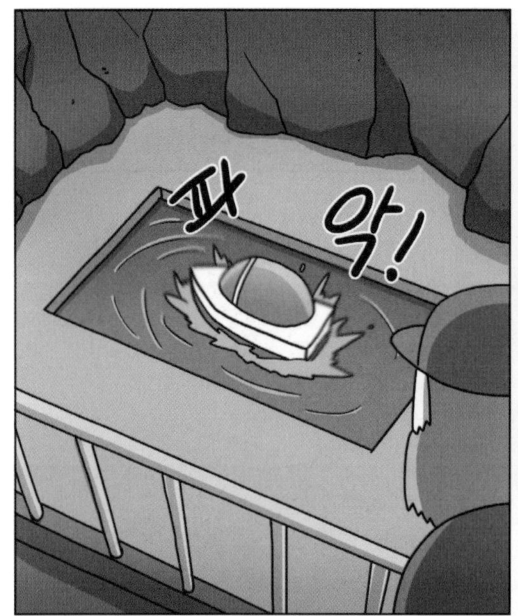
파 악!

왔느냐,
철수….

오랜만입니다,
스승님.

근데 몇 번을 말했니.
내가 수위라서
열쇠를 갖고 있으니
정문으로 오라니까.
명색이
조직의 넘버원인데…
얼굴을 보여서야
되겠습니까?

줄줄 신문
썬더건설 대표이사 철수.
"대정령 시대, 위기를 기회로!"
SNS 팔로우 하시면 철수 대표의
3D 스캔 피규어를 증정!
이미 얼굴은
세상에 다 깔렸는데
인제 와서 무슨….

그보다 스승님…
그동안 지금까지 단 한 번도
주어진 임무에 토를 달지
않았습니다만….
북
북
아,
그 얘기냐.

이제 너도
나이가 찼으니
혼인해야 할 거
아니냐.
그래서 겸사겸사
세계도 정복할 겸….

…….
앨리스는
저의 원수를 좋아하는
여자입니다.

그럼 더 좋지 않느냐?
원수에게도
통쾌한 복수를….
하— 그 녀석은
앨리스에게 조금도
관심이 없습니다.
전혀 복수가
아니에요.

그보다 스승님,
조직에서 연애술은
한 번도 배운 적이
없습니다만…
어떻게 접근을
해야 할까요?

…내가 알고 있는 건 모두 다 알려줬다….
스승님도 모르시는 겁니까!!

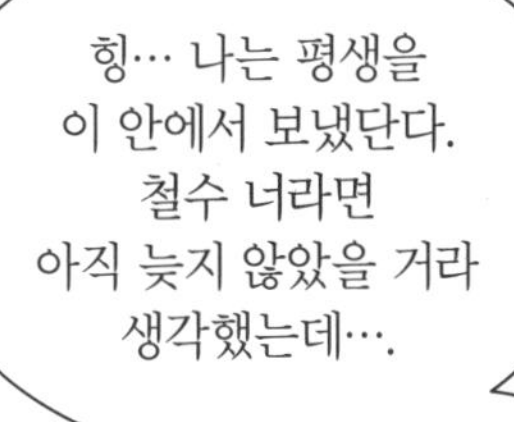
힝… 나는 평생을 이 안에서 보냈단다. 철수 너라면 아직 늦지 않았을 거라 생각했는데….

나는 더 이상 쓸모가 없는 존재….
슥-
맘대로 사라지지 마십시오, 스승님.

돼습니다.
알아서 방법을
찾아보겠습니다.
뿅
좋은
생각이다.
그나저나….

네가 전에
보내줬던 이 돌멩이…
영재 꼬마들이
분석했더니,
성분이
독특하더구나.

이럴 수가….
이 자체가 희귀 자원
덩어리였다니!
세계 경제가 재편될
수준이로군요.

엄청난
전략 자원이더구나.
어디서 이런 걸
구한 거냐?
음… 그냥
알바를 좀….
그것참 재미난
알바를 하고 있군.

앨리스가 아마
이것 때문에 골치 깨나
썩고 있었던 것
같은데….

후후…
맞습니다….

체리, 장사를 이렇게 하면 안 되지….

불량률이 48%가 넘어.
심지어 배송 과정에서 파손된 것도 많고.

욱신
아니, 내가 그거 때문에 얼마나 고생했는데!
너도 알잖아! 며칠 내에 구할 수 있는 그런 게 아니야!
욱신
애초에 그래서 나한테도 손을 뻗은 거 아냐?!

2주만 더 시간을….
후우….

할아버지… 이젠 정말 방법이 없어요.
어떡하죠…?

앨리스 회장님, 시간 괜찮으신지요?
달칵
…오늘 썬더건설 회의는 없는 걸로 아는데요.

두
둥
회장님의 골칫거리를 해결해 드리러 왔습니다.

시즌3
놓지마 정신줄!!
48화
곤란한 조건

회장실이 아무 때나
문을 열고 들어오는 곳은
아닌데 말이죠.

음—
그게….
워낙에
급한 일이라서
말이죠.

그럼, 어디
들어볼까요?
얼마나
급한 일이기에
당신 목숨까지
거는지….

목숨 거는
일이라….
연애보다는
차라리 그게
나을 것 같은데….
차라리
나한테
총을 쏘시죠

선물입니다.
장난해요, 지금?
사장들 술 게임에서
졌나요?
스윽..
…목숨 걸고
장난하지는
않습니다….

천천히 잘
살펴봐 주십시오.

?!
이… 이건?!
REE(Rare Earth Element)?!
그런데 이 굴러다니는
돌덩이 같은 형태는…!
역시
회장님이시군요.
네, 맞습니다.

정련할 필요가 없는
고순도의
REE 덩어리죠.
지금 썬더그룹에서
가장 필요로 하는
소재 아닌가요?

보유한 양은
얼마나 되시죠?
보유량이라….

웅바제약에서
관리하는
약초밭인데,
그 애벌레가
들쑤셔서
이렇게 됐대.
그래서…
이 밭을
다 치우라고?

잔말 말고 얼른 치워!!
이 밭을 살리지 못하면
재료를 구하는 데
100년은 걸릴지도
몰라!!
버럭!
다
다
다
다
치워!
치워!!
다 없어질 때까지
치워!!!!

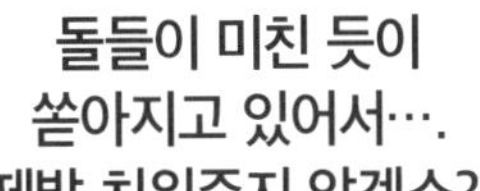
거… 암살 양반!!
잠시 시간 되나?!

돌들이 미친 듯이
쏟아지고 있어서….
제발 치워주지 않겠소?!
후드득
와르르

…한 몇 년은
사용할 수
있을 겁니다.

…혹시
어디서 가져온 건지
알려줄 수 있을까요?
잘못해서
국제 분쟁이라도
생기면….

제가 지금은
거의 망해가는
모카노 왕국의
제2 왕자라는 건
아시죠?
아… 거기….
그 나라는 참
운도 좋군요.

'공짜' 선물은
아니겠군요…?
조건이 뭐죠?

역시 이해가
빠르시군요,
회장님.
저도 다 빼앗기고
쫓겨날 순 없으니….
척

슥..
정략 결혼 계약서
저희 왕국과
이 회사의
안전을 위해…
이런 걸 해주시면
좋겠습니다.

그럼,
답을
기다리겠습니다.
달칵..

…미치겠네.
변태 같던 애드워드 왕자도
정략결혼을 하자며
귀찮게 굴더니….
탁

모카노 왕국은
나랑 무슨 전생에
원한이라도
있었나….
끼익..
대박그룹의
대박순에게 부탁하면
당장 급한 자원은
빌릴 수 있겠지만….

더 이상
그 녀석과 연관된
그 무엇과도…
다시 연락하지
않겠어….
정략 결혼

D
하하하
호호호

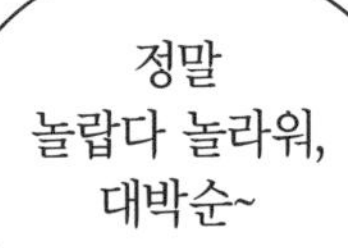
정말
놀랍다 놀라워,
대박순~

네가 회사를
설립한다는 말에
"그래, 열심히 해 봐"
라고 했던 게
몇 년 전인데,
반짝
반짝
반짝

DBJ그룹에
버금가는 회사를
만들어놓을 줄이야~
아유,
내가 뭐 한 게 있나…
우리 국민들이 열심히
해 준 덕이지….

황제 폐하….
앗!
회… 회사에서는
그렇게 부르지
말아주세요~

네.
폐… 아니, 회장님.
말씀하신 대로
오늘 일정은 모두
취소하였습니다.
고, 고마워요!

그럼, 이제
시간도 많은데…
지난 얘기 좀
더 해볼래?
맞아, 어쩌다가
나라까지
만든 거야…?
어… 응….

시즌3
놓지마 정신줄!!
49화 · 50화
대박순의 결혼식

때는 수년 전….
소녀들이 성인이 되던
어느 해의
12월 31일 자정.
국민 여러분!
새해가 앞으로
48초 남았습니다!

세월 참
빠르네~
이제 우리도
성인이구나….
그렇다는 건….

술집도 갈 수
있다는 거지….
크 흐 흐 흐…

맥주!! 드디어
맥주를 마실 수
있다니!!
10!
9!
어디로
갈까?!
8!
후후….

당연히 안주가
맛있는 곳!!
이날을 위해
2년간 차곡차곡
정리해두었지!!
두둥!
전국 안주 맛집 842
…그 기세로
공부했으면
재수 안 해도 되지
않았을까…?

3!
2!
1!

데~ 엥~
뎅~

술이다~!!
술. 술. 술!!!
데엥~
데엥~
데엥~

쿠슈―웅
으잉?!
저게
뭐지?!

척!
척!
척!

삐리리립… 대박순…
왕세자비님….
성인이.
되신. 것을.
축. 하.
드립니다.
끼릭..
끼릭..

지금. 당장.
모카노. 왕국으로.
오십시오!
파 앗!

앗!! 이…
이거 놔!!
이…
이 녀석들!!

연약한 우리들을
납치하려 하다니….
대중의 심판이
두렵지 않으냐!!

…….

로봇은. 거짓말.
용납 안 한다.
248% 연약하지 않음.
거짓말쟁이. 처단한다.
챠
킹!

잠깐!
로봇 2호!
쓸데없이 사건을
키우지 마라!
아….
빠
악!
응?
어떤
사건요?

힝… 엄청
비싼 건데….
누구신데
우리들을 귀찮게
하는 거죠?!
맥주 마시러 가느라
바빠 죽겠는데….
몹시 불쾌하군요!!

실례되는 짓을
저질러
죄송합니다.
다름이 아니오라
박순 왕세자비님,
이전의 약속을 잊진
않으셨겠지요?
성인이 된 후 바로
모카노 왕자님과
결혼하셔야
한다는 것을….
아직 성인 된 지
2분도 안 지났다고요!!

2분이나 지났다니,
지체할 시간이
없군요!
아—악!!
딱!
쿠슈——웅—

얘들아!!
구해줘—!!
난 아직 유부녀가
되고 싶지 않아!!
쿠아아아아아

세상에….
유부녀
되고싶지
않아아아
아아악~~
성인이 되자마자
결혼이라니….

그런데 날아갔으니
우리가 뭘 어쩔 수
있겠어.
그러게.
맥주나 마시자!
치-익
사장님!! 여기
생맥 2,000cc랑
갈비 2kg 추가요!!

까맣게 잊고 지냈던
약속 날짜가 오늘이라니!
정신줄 제대로 놓겠네요!

쿠아아아아아

끄아아아아
아아아아아아아!
쿠아아아아아아아아

쿠슈우욱..

뽕
뽕
뽕
왕자의 방
뽕
뽕
뽕
뽕

뽕
뽕
뽕
뽕
뽕

뽕
오우! 예!
드디어 페인 모드
클리어!
끼이익
뽕
뽕
이제 다음은
초페인 모드
도전이다!!

후…
애드워드 왕자님….
정말 폐인처럼
살고 있군요….
절레
절레

…….
누…

누구냐!!
혹시 암살자?!
우당탕탕!

로봇은.
거짓말.
용납
못 한다.
쓸모없는
녀석.
목숨 노릴
필요 없다.
팍
팍
팍
팍
아욱!
아악!

로봇 2호!
쓸데없는 일에
귀중한
친환경 에너지를
낭비하지 마라!
알겠습니다,
박사님.
척!

확실히 암살자는 아니신 것 같군요….
그럼 혹시 누구신지요?
이런~ 이런~ 벌써 절 잊으셨군요.
나름 모카노 왕국에서 많은 일을 한 사람인데….

어———

전혀 모르겠는….
후우~ 슬프지만 그렇겠죠.

왕자님, 저는 정신줄에서 이런저런 중요한 역할을 많이 맡았지만…
존재감은 딱히 없었던 일개 프로페서일 뿐입니다.
호오…. 그럼 나와 같은 존재라는 건가?

아뇨, 왕자님과
저 사이엔 어마어마한
격차가 있어요.
어마어마한 격차라…
몹시 겸손하군, 박사.
응? 뭔가 반대로
알아들으신 것 같은데…
뭐 일단 넘어가죠.

훗, 그래서
이 늦은 밤…
날 찾은 이유는?
후후….
왕자님을 위해
중대한 일을 하고…
왕국에서
꽤 괜찮은 벼슬을
얻고 싶어서 왔습니다.
호오?
중대한 일이라는 게
뭐지?

결혼입니다!
두
둥!

겨… 겨겨겨
결혼?!?!?!?!!
그것만큼은
절대 절대 절대
싫어!!!!
호오….
사사사사삭

음….
좀 진정할 마음이 드셨습니까?
아, 알았어!! 가만히 있을게!!

자, 이건 모카노 왕국 후계자 인기투표 순위입니다.
몇 년째 인기투표 1위는 박순 왕세자비님이시고요. 거의 압도적인 지지를 받고 있습니다.
보시다시피 애드워드 왕자님은 단 1표도 나오지 않았습니다.
박순
철수
애드워드

보통은
실수로라도 1표는
나오는데….
정말 국민들이
똘똘 뭉쳐 당신을
싫어한다는 걸
알 수 있습니다.
이 나쁜 국민들!!
여긴 민주주의가
아니라고!

이대로 간다면
차기 왕권은
대박순 왕세자비님께
넘어가겠죠.
그럼, 그 즉시
당신은 왕국에서
쫓겨나게 될 겁니다.
뻥!
밥만 축내는 왕자를
국민들이 보고만 있진
않을 테니까요.

그… 그럼
난 어떡하지?
후후….
걱정하지 마십시오!
그래서 제가 오지
않았습니까.

저만
믿으시죠.
그래서 제가
오지 않았습니까.
저만
믿으시죠.

흠…
전천재 박사는
또 무슨 속셈이지?

모카노 왕자를 보는 것만으로도…

정신줄을 놓을 것 같네요.

놓지마 정신줄 2 시즌3

초판 1쇄 인쇄 2024년 7월 15일
초판 1쇄 발행 2024년 7월 26일

글 / 그림 신태훈, 나승훈
펴 낸 곳 웹툰북스
신고번호 제2016-000096호

공급처 도서출판 더블북
주 소 157-735 서울시 양천구 목동서로 77 현대월드타워 1713호
전 화 02-2061-0765
팩 스 02-2061-0766
이메일 doublebook@naver.com

ISBN 979-11-93153-32-1 (04810)
979-11-93153-12-3 (세트)